어쩌다 침착하게 예쁜 한국어

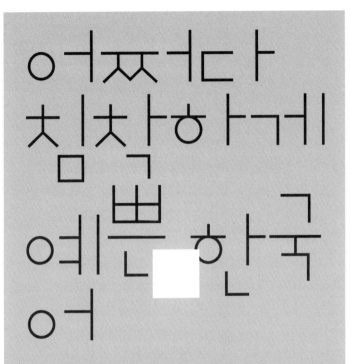

어쩌다
침착하게
뿐
예쁜 한국
어

시인수첩 시인선 001

고운기 시집

문학수첩

멍든 포도로 담근 술의 농도가 더 진할 것이다. 아무렴 그러리라 믿고 살아왔다. 세월이여, 지친 내 술통의 헌 데가 많아, 흘려보낸 붉은 흔적이 서럽다 한다.

2017년 봄
고운기

2부

3부

4부

1부

사막의 농구
- 고비에서 1

아가씨는 당당하다
쿠빌라이의 등허리를 상상하게 한다, 오후 4시 30분
사막에 다시 바람이 불면
게르의 레스토랑에 맥주를 시켜 놓자
아가씨는 당당하게 몽골산 흑맥주를 줄 것이다
오늘은 사막에서 땀 흘리고
고비의 바람을 맞는다
불어와 불어 가는 곳 없는
적셔 줄 강물도 없어서
초원(草原)을 한 30km 단위로 빙빙 돌아다니기만 하는
저 심심한 바람이 분명 나를 반가워할 것이다
쿠빌라이 손바닥으로 잔을 붙잡아
아가씨여, 나에게 맥주를 다오
잠시 멈춘 바람마저 담아.

지평선 360도
- 고비에서 2

혜초(慧超)는 밤에 걸었을 것이다
하늘에 그려진 지도
사막이 별의 좌표와 만나는 시간을 기다리는 동안
한낮의 초원에는 그림자 뉠 좁은 언덕이 있었을 것이다

달은 밝아 들쥐도 굴에서 나오는 밤
한 바퀴 몸을 돌려 봐도 어디나 지평선인데
눈 들어 사막의 지도에 행로(行路)를 그리면서
혜초는 세상이 둥글다는 것을 알았을 것이다

낙타에서 하늘은 가까웠다*
어느 먼 외딴 게르의 지붕은 지상에 박힌 별 하나

* 몽골 시인의 시에서

14

어쩌다 침착하게 예쁜 한국어

-고비에서 3

게르 지붕에 닿은 하얀 빛
기억하는 순간의 눈동자를 내게 말해 다오

고비의 아가씨여
나는 사막을 모른다
어쩌다 침착하게 예쁜 한국어가 그대의 가슴을 흔든다면
고렷적 시집 온 여인의 유전자라 여기겠다
귀축(歸竺)의 한나절
잠시 눈길을 준 젊은 승려가
지금 어디서 말 모는 지아비가 되어 있는지
살아 있는 매의 다리를 빌려 다오

전령이 되기에 늙은 나이
나는 이 사막을 한 번은 건너리라 기약하는 것이다

여름 플라타너스

여름이 와서야
큰바람이 불고
잎 속에 숨었던 옛 잎이 떨어졌다

이제 되었다
성장(盛裝)한 플라타너스여

짙은 그늘마저 산뜻한 속옷처럼 유쾌하다

가랑잎처럼 외로운 저 사람이[*]

가을 햇볕에 비친 얼굴마다
환하니 서늘하다
바람이 조금 차갑게 훑어가기 때문이다

차창(車窓)을 열어
나는 어느 시절의 가을을 생각한다
하나가 좋으면 꼭 하나가 나빴던 계절
빈손으로 겨울을 맞곤 했다

화가 황창배는 지금 내 나이에 세상을 떴다. 신춘문예
당선작의 삽화를 그린 사람이다. 편집국 모퉁이 문학 담당
기자 자리에서 한 번 봤을 뿐인데, 회고전의 그의 그림 앞
에 서니 30년 너머 세월이 서늘하다. 지난가을, 소설가 이
상운이 떠났다. 밤이 깊어 파할 즈음이면 그제야 한 잔 더
하자던, 소매 뿌리치고 돌아서기 미안한 날 많았거니, 부음
(訃音)으로 들려오는 새벽 밤거리의 교통사고가 서늘하다.

빈손 같다, 이 겨울의 초입

17

창밖으로 보이는 저기 저 가랑잎 하나 굴러가는 길모퉁
이까지

　내 사람인 양 물끄러미 쳐다보는.

* 배호가 부른 「사랑할 수 있다면」의 가사 일부

겨울 안부 1

　겨울이 깊기로는 추운 한밤의 소주 한 잔이다
　아무도 따를 수 없는 나와의 독작(獨酌)
　강물 위로 나는 어린 갈매기 한 마리 보고 온 밤이면 더
그렇다
　홀로 깊어지고 있을 계절 같은 그대여
　밤하늘로 띄우는 안부가 봄 오기 전 닿으려나 행여 한다.

겨울 안부 2

너에게서 온 편지를 들고 밖으로 나간다

어느 하늘 햇볕에 말렸는지
차가운 바람이 얼마나 흘러갔는지
나무는 흔들려 어느 쪽으로 누워 있는지

읽지 않고도
나는 너의 안부를 알 수 있다

떠난 뒤 곱씹었던 세월이 깊은 만큼……

눈이 온 설날 아침의 기억

빈 마당이 소복소복
눈 위를 설빔 운동화 처음 신고
대문까지 그냥 한 번 걸어갔다 돌아오니
사박사박 발자국

마당에 찍힌
그해 설날 아침에 남겨진 오래된 기록

내 마음속 설날 아침에는 늘 그해처럼
소복소복 눈이 내려 쌓이고
사박사박 첫 발자국을 내고

마당에 내린 흰 눈은 쌀처럼 더러 설레고
마당에 내린 흰 눈은 소금처럼 더러 복스럽고

봄날

차창(車窓)으로 먼 마을은
붉고 하얀 여리고 억센 꽃의 화음

나는 늘 저 마을에 가 보고 싶었다

산수유에서 개나리와 진달래
목련 벌고 벚꽃 날리는 그늘 아래로 가면
이 마을을 이룬 사람들의 환한 얼굴이
떠오를 것이다

나를 실은 자동차는 너무 빠르고
여기는 정류장 없는 동구(洞口)

이루어지지 않은 봄날 속에
어느덧 사라진 꽃 마을의 모서리가 마르도록 오래
나는 떠도는 것이다

봄의 노래

봄은 왔다
그냥 가는 게 아니다

봄은 쌓인다

내 몸은 봄이 둘러 주는 나이테로 만들어졌다
스무 살 적 나이테가 뛰기도 하고
그냥 거기 서 있으라
소리치기도 한다

어떤 항구의 풍경이 그림엽서 속에 잡히고
봄밤을 실어 오는 산그늘에 묻혀
어둠이 어느새 마을을 덮어 주는 내내
한 사람을 그리워한다

봄은 왔다 그냥 가지 않는다

또 가는 봄날

문득 어둠이 찾아들고

모란이
갓 쓴 작은 등불처럼 자세를 바꾸고

안부는 늘
그립지 않은 손길
그립지 않으려는 저항

산 그림자 창에 비치거든
산을 지고 눈 비비네

시화호 왜가리

새가 날았다, 시화호
바다였던 적 서식하던 숲을 넘어
대학의 서문 쪽 물 막은 공터가 봄을 보낼 무렵
그런 이맘때면
청보릿대 올라오고
다투다가 개양귀비도 꽃을 피우는 것이니
잠시 숨 고르기 맞춤인 곳

청보리 푸른 머리 위로 붉은 꽃 점점이 떠 있는데

새가 날았다
흰 날개는 옛적 바닷물처럼 적셔 있다

2부

응불확치(鷹不攫雉)[*]
　－삼국유사에서 1

2000년 가을

　예루살렘 교외, 어쩌다 남자는 총격전의 한가운데 끼었
다
　돌담을 엄폐물 삼아 제 몸을 숨기는데
　품 안에 영문 모르고 두려워 떠는 소년
　남자는 흰 수건을 하염없이 흔들었으나
　그들을 향해 날아간 총알은 심장을 관통했다

683년 가을

　울산 교외, 꿩은 날개를 펴 새끼 두 마리를 감싸고 있었
다
　숨은 곳 우물 안은 온통 핏빛
　매는 나무 위에 앉아 있고
　더 이상 공격하지 않았다
　신령스럽기로 미물(微物)의 매 한 마리

부끄럽지 않은 날개를 가져 하늘이 더 넓다

* 매가 꿩을 잡지 않다

득주지우(得珠之憂)*
–삼국유사에서 2

어린 스님 한 사람이 샘 가에서 바리때를 씻다가
자라에게 남은 음식을 주며 놀았다.

—내가 너에게 덕을 베푼 지 여러 날인데 무엇으로 갚아
주겠니?

며칠이 지나, 자라가 작은 구슬 하나를 뱉어 냈다. 어린
스님은 그 구슬을 허리띠 끝에 달고 다녔다. 그로부터 사람
마다 매우 아껴 주었다.

서울역 앞 1970년대 장사 잘되던 목욕탕에 고용된 이발
사 김 씨
주인 아들이 치과 대학 졸업할 때까지 십 년 넘게 머리 깎
아 주었다

—내가 나중 늙거든 내 이빨은 네가 맡아 주겠니?

삼십 년이 지나, 아들은 강남에서 돈 많이 번 의사가 되

었다. 이미 아주 부자인 동기생 아가씨와 결혼하고 차린 병원은 예약 없이 못 갔다. 김 씨는 한 번도 가지 않았다.

누구나 지녔으면서 귀한 줄 모르는 구슬 하나쯤 있다는 근심스러운 이야기.

* 보물을 가진 자의 근심

탈의나주(脫衣裸走)*
— 삼국유사에서 3

겨울철 어느 날 눈이 많이 왔다.

황룡사 말단 스님 한 사람이 저물 무렵 삼랑사에서 돌아
오다 천암사를 지나는데, 문밖에 웬 여자 거지가 아이를 낳
고 언 채 누워서 거의 죽어 가는 것을 보았다.

스님이 보고 불쌍히 여겨 끌어안고 오랫동안 있었더니
숨을 쉬었다.

옷을 벗어 덮어 주고, 벌거벗은 채 제 절로 달려갔다.

기록에 나오는 우리나라 최초의 스트리퍼,

탈의의 목적이 달랐을 뿐이다.

여름철 어느 날 태풍 주의보가 내렸다.

국회 앞 경찰 한 사람이 '중증 장애인에게도 일반 국민이
누리는 기본권을 보장해 달라'는 피켓을 든, 휠체어 탄 장
애인을 보았다.

경찰은 '태풍 때문에 위험하니 들어가는 게 좋겠다'고 말
했다. 장애인은 '담당하는 시간'이라며 거절했다.

가만히 뒤에서 우산을 들고, 아무 말 없이 태풍 속에 서

있었다.

하늘에서 왕사(王師)에 앉히라는 소리가 들렸다.
트위터에 경찰청장 시키라는 댓글이 올라왔다.

* 옷을 벗어 주고 벌거벗은 채 달려가다

적요명월(笛搖明月)
– 삼국유사에서 4

월명사는 피리를 잘 불었다. 달밤이면 절 문 앞 큰길을
지나는데, 달은 월명이 피리 부는 대로 서거나 가거나 했
다. 마을 이름을 월명리라 했다.

어느 이른 가을바람 끝 여기저기 떨어지는 잎처럼
한 가지에 나고도 갈 때는 모른다네**

시인 P는 노래를 잘 부른다. 습작 시절, 헤어지자는 여
자를 산동네 집까지 마지막으로 바래다주던 밤, 한 걸음 앞
서가면 여자는 한 걸음 따라오고, 멈추면 따라 멈추었다.
언덕길 숨이 차 불렀다는 노래.

가도 가도 끝이 없는 외로운 이 글쟁이 길
푸른 달빛 아래 나는 눈물진다, 이별의 종착역***

---

*   피리 소리가 밝은 달을 흔들다
** 월명사가 지은 「제망매가」의 한 구절
*** 손시향이 부른 「이별의 종착역」의 한 구절

35

총중호인(塚中呼人)*
－삼국유사에서 5

망덕사 승려 선율(善律)이 저승에 불려 갔다.
육백반야경(六百般若經)을 만들던 참이었다.
—네 수명은 비록 다 되었다만, 이루지 못한 것이 있으므
로 다시 세상으로 보내 주노라.
저승지기 참 착하기도 하지.

돌아오는 길인데, 한 여자가 나타나 서럽게 울며 말했다.
—우리 부모가 금강사의 논을 몰래 가로챈 데 걸려, 저승
에 잡혀 와 오래도록 고통 받고 있습니다. 이제 고향에 돌
아가시거든 빨리 돌려주라 하소서.
선율 스님 참 바쁘기도 하지.

어쨌건 죽은 지 열흘이 지나 돌아온 무덤에서
나 살았다
사흘간 외친 선율
여자의 집을 찾아가 소원 들어주었는데

비 오는 밤 택시에서 내린 여자는 멀리 불 밝힌 집을 가리

키며

　—차비는 저기 가서 받으세요.

　서울 사람은 거기가 망우리 공동묘지라 하고

　우리 어머니 같은 고흥 사람은 벌교 넘어오는 뱀골재 공
동묘지라 하고

* 무덤 속에서 사람을 부르다

삼사삼권(三辭三勸)[*]
─삼국유사에서 6

의상(義湘) 문하의 제자가 되기로 마음먹은 진정(眞定)
홀로 남을 늙으신 어머니가 못내 걸렸다.

─효도가 끝나고 나면, 머리를 깎고 도(道)를 배우려 합
니다.

그날 밤, 어렵사리 속내를 비춘 것이 잘못이었다.

─도를 만나기는 어렵고 인생은 짧은데, 효도를 마친 다
음이라니? 가거라.
아들은 사양하고
─나는 남의 집 문 앞에서 옷과 밥을 빌어도 천수를 누릴
수 있다. 가거라.
아들은 사양하고

어머니는 독에 남은 쌀을 모두 털어 주먹밥 일곱 덩이 만
들어
─도중에 밥 지을 시간도 아깝다. 내 보는 앞에서 하나

먹고, 나머지는 싸서 서둘러 가거라.

끼니마다 뭘 잡숫고 계신지
사흘 밤낮 주먹밥 여섯 덩이 먹으며 걸었던 서러운 길

전통은 유구한 것이어서
아이들을 밤길로 내몬 엄마들의 자동차가
밤 열 시
서울의 대치동 학원가에 도열해 있다.

* 세 번을 사양했으나 세 번을 권하다

대종역경(大種力耕)*
– 삼국유사에서 7

큰아들은 순종적이었고 작은아들은 호기심이 많았다.

호기심 많은 아들은 아버지에게 받을 재산을 챙겨 먼 데 가서 신나게 놀았다. 재산을 탕진하고 흉년까지 들어 돼지가 먹는 쥐엄나무 열매로 배를 채웠다. 제 마을에서는 어엿한 부잣집 아들이 이 무슨 꼴인가. 차라리 아버지한테 돌아가서 품꾼으로라도 써 달라 해야지.**

한 친구는 성실했고 한 친구는 부지런했다.

두 사람은 부지런히 서방 정토를 염원하되, 먼저 이루는 사람이 알리고 가자 약속하였다. 이룬다는 것은 열반에 든다는 말이다. 성실한 친구가 먼저 이루었다. 햇빛이 붉게 지고 소나무 그늘이 고요히 드리운 저녁 무렵, 구름 밖으로 하늘의 음악 소리가 울리고, 밝은 빛이 땅에 깔리었다.

부지런한 친구는 성실한 친구의 아내를 데려다 함께 살았다. 대종역경(大種力耕)한 그는 한 사람쯤 충분히 먹여

살릴 만했다. 열반이야 그다음 일 아닌가.

　순종적인 큰아들은 못마땅했다. 거지꼴로 돌아온 작은아
들에게 살진 송아지 잡아 잔치를 벌여 주는 아버지라니. 종
놈이나 다름없이 일한 나에게는 염소 새끼 한 마리 주지 않
으면서.

*　많이 심어 힘써 키우다
**　누가복음 15:11-32

경중지우(鏡中之偶)*
-삼국유사에서 8

왕이었던 조카를 죽이고
그 아래 조카를 부인으로 얻은 흥덕왕(興德王)

정작 왕이 되던 해 부인은 세상을 떴다

당나라에 사신 갔던 사람이 앵무새 한 쌍을 가지고 왔으
나, 얼마 안 있어 암컷이 죽었다. 혼자 남은 수컷이 슬피 울
어 마지않았다. 그 앞에 거울을 걸어 놓게 하였다. 새는 거
울에 비친 모습을 보며 쪼아 댔다. 그것이 제 그림자인 줄
알자 슬피 울다 죽었다.

왕이 노래를 지었으나 전하지 않는다

나는 어느 날, 비슷한 때 일본에서 지어진 노래를 읽었다
왕이 부른 노래는 이런 것이 아니었을까……

앵무새가 울어 흩어지리라
봄날의 꽃

어서 임과 함께 꺾어

머리에 꽂고 싶네**

* 거울 속의 배우자
** 『만요슈(萬葉集)』 3966번 노래. 오토모 야카모치(大伴家持)가 748년 2
   월 29일에 씀

이합유수(離合有數)*
- 삼국유사에서 9

식구는 다섯인데 집이라곤 네 벽뿐이요

사방으로 호구책 마련하러 다니기 십여 년

게고개 넘어가다 열다섯 살짜리 큰아이는 굶주리다 못해 죽고

열 살짜리 딸아이 구걸하러 나갔다 마을에서 개한테 물리고

조신(調信)의 처지 이렇게 될 줄 알았나

고운 얼굴 아름다운 미소도 풀 위의 이슬이요

지란(芝蘭) 같은 약속도 바람에 날리는 버드나무 꼴

당신은 내가 있어 걸리적거리고, 나는 당신 때문에 근심만 많을 뿐

헤어짐과 만남에는 운수가 있답니다

그렇게 말한 건 부인이었으니 세상에 강하기로 여자만 할까

문득 게고개에 묻은 아이 생각나
파 보니 돌 미륵상

아이 하나씩 데리고 돌아선 그들은 남은 생애를 어떻게
살았을까

일야작교(一夜作橋)*
− 삼국유사에서 10

그리운 사람은
혼령으로라도 찾아와 주면 좋겠네

이레 동안
다섯 빛깔의 구름이 집을 덮고
향기 가득한 방을 만들겠네

하늘과 땅 울리는 울음 있어

귀신이 노는 신원사(神元寺) 북쪽 고랑에 다리를 놓아
하룻밤에 다리를 놓아

그대가 돌아가는 길에 사뿐히 밟기
그대를 찾아가는 길에 사뿐히 밟기

혼령으로라도 찾아와 주기를
그리워하네

* 하룻밤에 다리를 만들다

3부

삼천포

해변으로 파도는
밤새 가을처럼 철썩였다

사람들이 부르기 싫어하는 이름
삼천포
나는 가을 같은 파도 소리가
삼천포 삼천포
들렸다

하필 비 내리는 날 삼천포에
연락선도 없이
나는 왔다

철썩이는 삼천포

길손으로 진주에 와서

바퀴 구르는 소리에 낙엽이 일고
오가며 새를 좇아 한날로 우네
영산홍(映山紅) 붉은 시절은
짙은 그늘이 좋아 따라갔다더라
내 늙은 노래가
나뭇가지마다 옮겨 앉는 까막까치만큼도 젖지 못했으니
세월의 어느 저편이 나를 닮아
쓰다듬어 잠자코 한숨 골라 보는 오늘

여기는 천 리 길 진주

군산(群山)

썰물의 포구 근처
오후의 뻘은 깊어질 줄 모른다

바람 따라 돌던 갈매기 내린 자리
다시 찾아와
조심스레 물어보는 안부

내가 나간 자리의 햇볕은 따스했는가

갯벌에 누워
안강망(鮟鱇網) 내린 배

옛 선창의 식당에서 내놓은 반지 회 한 입 들어
소주가 달다

다시 벌교에 와서

부용산 오 리 길에 그늘이 지네
사람은 가도 노래가 있어
좀체 사라지지 않는 땅의 역사를 그대 아는가
벌교천 따라 오르는 밀물이 담아 온
좀체 사라지지 않는 바다의 역사를 그대 믿는가
들몰 들녘으로 저녁 먹으러 가는 기러기
우리도 바짓가랑이 흙을 털고
매운 솔가지 피워 밥 짓는 어머니 만나러 가자
제석산 부엉이 울음에 두렵던 옛 밤이 깊어지고
낮은 지붕 밑 작은 등불 아래
검붉은 얼굴 맞대 먼 이야기 피워 내면
사원 밤이 새벽을 걷는 소리 그대 듣는가

오류동

이 네거리 어디쯤이었을 것이다

어린아이의 맹장을 다스려 준 병원
버드나무가 숲을 이뤄 어두워 가는 저녁 길이 짙었다

나는 젊은 전설의 한 그루 모퉁이에
붉은 벽돌집처럼 옛사람인 양 우두커니 한데
이렇게 추억하기로
어느 먼 훗날의 사람도 의연하리라

나이가 들기야 가로수뿐일까
더 짙은 어둠이
더 짙은 그늘이

　이름을 불러 네거리 어디쯤 멈추게 하는 세월만큼 반가
워 내미는 손짓 한 번.

유빙(流氷)을 보며

잘돼야지 마음먹은 것은
가여운 우리 어머니 때문이었다오
잘돼야지 마음먹은 것은
첫정에 흔들렸던 여자
다시 만나기라도 한다면 혹여 쳐다볼 얼굴 때문이었다오

강물은 쉬지 않고 어디까지 흘렀단 말입니까

어머니 이 세상에 없고
사는 길 달라진 사람 마주치기 어렵고

어머니의 남자

섣달 그믐밤 잠깐 정신이 들었을 때
어머니는
큰오빠가 가자 한다고 또렷이 말했다
―누구 오빠?
―우리 큰오빠……
여동생이 한 번 더 물었어도 같은 말을 했다

기쁜 듯
의기소침한 듯

어떤 제삿날이었을까
묵묵히 지방을 써 주고 가던, 어두운 방 한구석의 사내를
나 또한 어렴풋이 기억한다

마흔 갓 넘기었나, 어머니의 큰오빠는
전쟁 통에 홀로 된 여동생의 안부를
지방 써 주는 날에 와서 확인하던 것인데

친정아버지도 아니고
아이 둘씩 낳아 준 두 남자도 아니고

나는 안다,
눈이 팔팔 내리던
정월 초하룻날 새벽길 걸어와
어머니를 데리고 간 남자

이층 침대

아이들 할머니가 평생 마지막 선물이라고
아이들 이층 침대를 사 주고
저것들 시집갈 때까지 내가 살겠나 처음이자 마지막 큰
돈을 낸다 하고
아이들 방을 만들어 침대를 들여
처음으로 아이들끼리만 재운 밤
나는 웬일인지 늦도록 잠이 안 오고
이것이 벌써 이별의 시작이지……
품을 떠나고 방을 떠나고 집을 떠나고

그런 가운데 아이들 할머니가 가장 먼저
세상을 떠났다.

아침 버스

아침 출근길마다

북고개 삼거리 건널목에서

인천 떠나 안산 거쳐 고흥 가는 버스와 만난다

남쪽 내 고향

꽃 소식 벌써 기다려지는

그냥 슬쩍, 일과(日課)도 접고, 저 자리에 몸 얹으면

좀 늦은 점심을 기다렸다가

아버지는 나랑 밥 한 끼 하시겠다

벌써 몇 년인지

우리 아버지 선산에 누워

영 안 오는 아들 하나 기다리시겠다

고흥은 내 고향

아버지 누워 있는 곳

마른 잔디에 이른 봄꽃은 바람과 노닐다 누구의 가슴에
얹히나

차마 버리지 못한 일과를 주워 담고

버스 지나간 꽁무니

얇은 기름내에 머리 흔들어 보는 아침.

3학년 2반 교실 유리창

그러니까 올해로 꼭 40년
그해 봄 아직 보리가 피기 전 이 마을을 떠났으니

벌교남국민학교 3학년 2반 교실에
늘 허리를 꼿꼿이 펴고 앉아 있는 여자아이
등기소 소장 딸이었던 그 아이는 아버지 따라 전학 가고
소식을 모르는데

부용산 산허리에
옹기종기 모였던 초가집은 이제 사라지고

등나무 아래 앉아
40년 만에 허리 구부정한 쉰 줄 사내가
운동장에서 혼자 공 차는 아이만 바라보고

3학년 2반 교실의 유리창은 조용히 빛나며
저녁 햇살을 받아 저무는데
세상의 저문 몸은 사내 하나만 아니어서 섭섭할 일 없는데

그러니까 보리 피기 전 떠난 마을의

허리 꼿꼿했던 여자아이만 생각나는 것은 무슨 까닭일까.

홍대 앞 초등학교

어릴 적 난 홍대 앞에서 살았네
아주 부자 동네였지, 강남이 생기기 전
내가 다닌 초등학교에는 수영장도 있었어

어릴 적 난 홍대 앞에서 살았네
시골에서 전학 온 촌놈
수심 깊은 곳에서 혼자 놀아 좋았지

부자 동네라고 큰 집만 있는 게 아니고
부자 동네라고 다 자기 집을 가진 게 아니고

어릴 적 난 홍대 앞에서 살았네
내가 오르지 못할 언덕
가나안제과 오후 두 시 새로 구운 식빵을 기다리는

옛날의 이 길은*

광주에서 간호대 졸업하고
동기생 두 여자는 을지로6가 국립의료원에 취직했다.

—화순 탄광 마을 출신의 이 친구와는 함께 지하철을 탈
수 없었제라

플랫폼에 전동차가 들어오면

—글쎄, 이 친구는 맨날 멈출 때까지 따라간당께요

어쨌거나 촌사람 이 둘은 재테크의 귀신이 되고
강남에 사는 몇 안 되는 전라도 사람이 되었다고……

사람 살이는 사람마다 똑같지 않아서
저들보다 조금 먼저 광주에서 간호대 졸업하고 국립의료
원 취직했던 내 누이는
아이 둘 낳고 혼자되고
혼자 고생하다 먼저 세상 뜨고……

—아따, 그 누이가 몇 회당가요?

* 이미자가 부른 「아씨」의 가사 일부

달과 함께

달만 떠 있어도 덜 외롭지요
개구리는 울어 대고
독하게 썼는지 제초제 냄새 훅 끼치는 6번 국도
슬쩍 눈 들어 보면
두렷한 얼굴로 내려다보는 그 빛만 있어도 덜 외롭지요
메타세쿼이아
길게 늘어선 그림자 따라
밤은 더디고

4부

꽃밭에는 꽃들이
– 세월호와 함께 가라앉은 어린 영혼들에게

우리 아이들은
비록 험한 물살 속에 들었으나
지금
서천꽃밭에서 버드나무 우물을 길어
뼈살이꽃 살살이꽃
물을 주고 있을 것이다

원강아미가 낳은 한락궁이가
극락 가는 길을 잠시 막아
아이들의 두 팔에 힘이 오르고
아이들의 두 다리가 튼실해질 때까지
꽃밭에 물 주는 일을 시킨단다

나는 두 손으로 죄나 짓고
나는 두 발로 못 갈 데나 가고
겨울 지옥 업관에 이르러 두 손 두 발 잘릴 것이다

아이들아

물살 한 번 헤쳐 주지 못한 중생
부디
어엿비 여겨 뼈살이꽃 한 송이
내 엎어진 가슴 위에 얹어 다오
죄 많고 부끄러운 뼈 위에
살살이꽃 한 송이 던져 다오

버드나무 우물을 길어
꽃밭에 물 주고 있을 나의 아이들아.

벚꽃 세상으로 벗들을

벚꽃이 피었다, 벗들이여
그대들이 이 세상 마지막으로 보고 떠났던

저승 가는 길은 있어도
이승 돌아오는 길은 없다지만
길은 이미
우리의 마음속에 만들어져 있다

하늘 한 자락 구름을 벗 삼아 뭉게뭉게 노닐다
더러 새벽의 이슬로 오라
더러 서늘한 골짜기의 바람으로 오라

잊지 말자고
잊지 말자고
벚꽃이 날린다, 벗들이여

기억

1.

교실 한쪽 벽
손으로 그려 붙인 4월 달력에는
15일부터 수학여행이 으쓱하게 표시되어 있었다
돌아오면
회장 선거도 소변 검사도 기다리고 있었다

2.

김웅기 군은 3형제의 막내였다
아버지는 세 아들의 인감도장을 만들었다, 수학여행에서
돌아오면
자랑처럼 주려던 참이었다, 도장은
416기억장소의
웅기 군 부스에 넣어졌다

3.

박진수 군은 몸이 아파 수학여행을 가지 못했다
암이었다
여행을 떠난 친구들은
돌아오지 못했다
1년 뒤,
진수 군이 그들 곁으로 갔다

4.

아들을 대신해
어머니는 청소하러 온다
돌아오지 못한 책상이며 의자가 반질반질했다
유구무언(有口無言)이라 했다

세월

아산시 배방면 모산 건널목
1970년 10월 14일 오후 4시
서울 경서중학교 학생을 태운 관광버스가 장항선 특급
열차와 충돌
46명의 어린 생명이 세상을 뜨다

나의 작은 형은 그 버스에 타고 있었다. 아니, 앞 휴게소
까지 탔지만, 친구들과 장난치다 차를 놓쳤다. 형은 뒤 반
의 버스에 탔다. 그래서 화를 면했다.

살아 돌아온 가을이 가고
어느 겨울날
돈을 들고 심부름 나간 형은 좀체 돌아오지 않았다
저물어 늦은 밤까지 소식 없는 아들을
아버지는 초조하게 기다렸다

형은 지갑을 잃어버린 것이었다

사원 달 같은 표정으로 나타나 형은 골방에 박혀
벽을 치며 울었다
　―그게 어떤 돈인데……
　그러다 이런 소리가 들리자 아버지는 골방 문을 잡아챘
다

　―내가 그때 건널목에서 콱 죽었어야 했는데……

여기가 명량인데, 뭘?

한 해 1조 5천억 원의 매출을 올린다는 홈쇼핑 회사에
나는 사원 정신 무장 특강 강사로 간다

이순신 장군의 리더십을 말해 달란다

—당신들 정신 안 차려?
사장은 그렇게 침을 튀기고 있었다
—잘나간다 한가롭게 넋 놓고 있기야!

그 뒤에 내가 나간다
필사즉생 하는 명량 바다를 만들어 달라는 게 틀림없었
다

난감무지(難堪無至)

하지만 여기가 벌써 명량인데, 뭘?
대기업 입사 한몸에 치하 받던 저들
격랑의 뱃전에 앉아 있잖아

끝나고 나오려니 다른 명랑에서 온 문자 메시지

―막걸리 한잔해야는디유……^*^
―다음 주 비오는 날로 잡세……
―성님, 좋아유. 담 주엔 내내 비 왔으믄 좋겠네유^.^

그 여학생

후회스러운 어느 지점으로 돌아가 거기 못다 한 어떤 몸짓 하나라도 풀어 보고 싶을 때가 있다. 예를 들면 마음만 졸인 사랑 같은 것, 생각이 행동 뒤에서 자꾸 꾸물거리기만 했던 것…… 그러면 나는 거기서부터 전혀 다른 인생을 살아 냈을까?

짝사랑했던 여학생
치대에 다니던 여학생
수석 졸업했다던 여학생
지금은 내가 사는 가까운 동네에 개업해 있는 여학생
정말 썩은 이만큼 보여 주고 싶지 않았지요
사박사박 눈발 날리는 네거리 지나
그해 겨울처럼
품속의 편지는 어느새 내 가슴속 어디론가 사라지고 마는데
밤새 치통에 시달리다 찾아가는
짝사랑했던 여학생
이제 썩은 이밖에 보여 줄 게 없는

돌이켜 자꾸만 헝클어지는 시간 속의 나를 뉘여 놓고
아주 맑은 손끝으로
사랑 대신 내 삭은 사랑니를 뽑는
그 여학생.

그날

그날도 수업에 빠진 학생으로부터 전화를 받았다

요즈음 학생들은 성적에 너무 목을 매. 수업이 끝나면 동
료와 함께 가는 생맥주집에서
찬 맥주로 나 또한 목을 매며 심드렁했다

바깥 날씨는 점점 추워졌다

부인의 암을 피해 양평 어느 골짜기로 들어가 사는 선배
부부가
보고 싶었다, 생맥주 잔에 병맥주를 따라 마시던
나도 그를 따라 배운 술이 이제 넘칠 대로 넘쳤다

방학이 되면 한 번 가지

동료는 조용히 고개를 끄덕였다. 그날 밤이었다. 석 달
투병 끝에 열닷새 동안 눕지도 못하고 웅크려 신음하다, 조
용히 숨을 놓았노라고……

부음(訃音)은 진눈깨비처럼 왔다.

죽은 이는 선배 부인의 제자
암을 먼저 앓아 본 선생이 제자를 불러 격려해 주곤 했다

이태 뒤, 선생도 제자를 따라 갔다

오랜 벗 안도현의 일이 있어

생각만 품어도 죄가 되는 시절이 있다
물어만 봐도 죄가 되는 시절이 있다

언젠가 겪은
선험(先驗) 같지 않은 이 불편한 선험

─후보자를 낙선시킬 목적이 있었다고 봐서 비방 부분은
유죄를 선고한다

2013년 늦은 가을 어느 날 오후
라디오에서 안도현의 소식을 들으며
봄 벚꽃 하얗게 날리는 날보다
단풍 든 벚나무 잎이 더 붉게 보여 눈 시린 거리에서

나는 도현을 지지한다……
되뇌었다
아니 나는 도현을 편애(偏愛)한다

들어라,
편애는 공정(公正)의 반대말이 아니다
공정 이상의 공정이다

공정(公情)이다

법정을 나서는 방청객도 배심원도 변호사도 판사도
한밤의 찬 공기가 볼에 스쳤을 것이다
그때 알싸한 느낌이 똑같듯

누군들 나의 편애를 탓하지 말아 다오

나는 더 많이 생각하겠고
나는 더 많이 물어보겠다

맑은물관리사업소

스무 살 사내놈들은 똑같애
여전히 여자 꼬실 때면
오래된 문장이나 표절하고……

자동차 안 라디오에서 나오는 노래가 조금씩 진부해질
때
진부했던 내 스무 살에도 소스라치고

스무 살 때 여자와
쉰이 넘은 남자
삼거리에서 안내판을 보며
의왕시맑은물관리사업소와 서울구치소가 나란히 써 있
는
삼거리에서 신호를 기다리며

하필 맑은물관리사업소와 구치소는 나란히 있을까

쉰이 넘은 여자가 말한다

아무렴, 맑은 물 관리해야 해……

스무 살 때 남자는 구치소 앞 주차장에서 여자를 내려 주
고
서늘한 바람 되어 돌아 나온다

속물(俗物)의 일상

공사 중인 사거리 지나며 욕 한 번
언제까지 이럴 참이야

…… 오늘따라 이 길은 낙엽의 밭이다
새로 포장한
검은 콜타르 위를 나는 잎

핸들을 잡고
공사 중인 사거리 지나며 욕 한 번

…… 호들갑 떨며 달리는 잎
세상으로 여행을 떠나듯이
저렇게 가벼이 날리리라 다짐했던 생이었는데

내겐 너무 큰 자동차의 핸들을 잡고
공사 중인 사거리 지나며 욕 한 번.

쉰… 남자

서둘러 갤러그를 맨 먼저 떼던 열일곱
서둘러 당구를 맨 먼저 떼던 스물
서둘러 골프를 맨 먼저 떼던 서른
……
이제는 슬슬 애인을 데리고 나오는 나이

문상 가서 장례 절차를 눈여겨보고
적금보다 통장에는 현금을 모으고

임플란트와 허리 디스크와 고지혈증을 체크하는 나이

입만 살아서 뭐든 말로 대신할 궁리 하는 나이

쉰… 여자

(참 예뻤던 후배가 오랜만에 나온 자리)

올해 둘째가 대학 들어가고
그 위에 아들은 군대 있어요

신랑이 신은 아니군……

아니오, 쉰인데요???

밤의 검침원

　　―바나나가 귀할 때였어요
　　막내가 독감으로 고생하고 있어서 바나나를 사 들고 집
에 왔더니
　　뭐라는 줄 알아요?

　　―먹기 싫어, 먹고 싶을 때는 안 사 주고……

　　이 집 막내의 막내 아이는
　　바나나가 지천이어서 이런 말도 모를 것이다

　　―중학생 때였어요
　　장군의 아들인 친구 생일 파티에 갔더니
　　상 위에 바나나가 있는 거예요
　　실물로 보는 첫 바나나
　　친구가 바나나 껍질을 벗겨 먹을 때까지 기다려야 했어
요

　　―어떻게 까는 줄 몰랐거든요……

공부도 잘했던 장군의 아들은 지금 뭐하는지
그는 모른다

사라져 가는, 사라지지 않는 기억들
고운기의 시 세계

유성호(문학평론가, 한양대학교 국어국문학과 교수)

1.

근대를 숨 가쁘게 끌고 왔던 이성적 기율은 '코기토 (cogito)' 주체에 대한 의심 없는 전제에 바탕을 두고 있었다. 근대인은 불확실한 실재인 사물을 끊임없이 의심하면서 거기에 가해지는 주체의 오롯한 판단을 기다렸지만, 그 판단을 수행하는 주체에 대해서만은 전혀 회의를 가지지 않았다. 그러나 최근 우리는 근대가 주도해 온 패러다임에 대한 반성적 사유를 광범위하게 경험하면서, 이러한 주체 중심의 이성적 기율에 대한 발본적인 의심과 판단을 병행하고 있다. 그 과정에서 우리는 서정시가 근대의 화려한 모습을 수동적으로 개괄해 주는 것이 아니라, 근대의 저편을 상상하고 사유하는 양식이라는 점에 크게 공감하게 되었다. 이른바 '다른 목소리(the other voice)'를 통해 가장 구체적이고 깊은 내면의 경험을 파문처럼 그려 가는 서정시는, 그 점에서 이러한 반(反)근대의 가능성으로 충일한 양식으로 첨예하게 다가온 것이다.

고운기의 신작 『어쩌다 침착하게 예쁜 한국어』는 이러한 서정시의 외적, 내적 지표와 가깝게 밀착하면서 서정시의 재귀성과 심미성을 산뜻하게 그려 낸 시집이라고 할 수 있다. 고운기는 이번 시집에서 견고한 현실 질서에 맞서 절실하고 감동적인 상상적 표지(標識)들을 하나하나 세워 나가는데, 그렇게 그의 시는 근본적으로 낭만적 속성을 띠면서 그와 동시에 절절한 자기 고백적 속성을 담고 있다. 이번 시집이 낭만적이고 회귀적인 진정성으로 관통되고 있다는 이러한 판단은 단연 시인으로서 그의 경험적 실감에서 나온다. 그 안에는 그만의 특유한 기행(紀行) 경험과 문헌 섭렵 경험이 단단하게 반영되어 나타나고 있다. 이 점 또한 고운기를 우리 시단에서 항상적인 서정시인으로 만들어 주는 원리가 된다고 할 수 있다. 이러한 낭만적 진정성이 그로 하여금, 하나하나 사라져 가지만 그 심층에서는 결코 사라지지 않는 기억들을 톺아 올리게끔 하는 힘이 되어 주고 있다.

2.

먼저 고운기는 이번 시집에서 아득하게 격절된 공간의 은유를 통해 존재의 신성한 속살을 만지고 있다. 일찍이 하이데거(M. Heidegger)는 우리에게 말 걸어오는 존재의 '소리(Stimme)'에 응답하는 것이 서정시의 임무라고 말했는데, 고운기가 그러한 공간에서 듣는 것은 그렇게 신성하고 근원적인 존재가 걸어오는 말소리와 흡사하다. 물론 이러한 과정이 도피적 잠행으로 나아가지 않고 삶에 대한 가장 따뜻한 긍정으로 귀결된다는 점은 꽤 기억할 만하다. 그것은 어떤 정신적 고처(高處)에 대한 지향을 시인이 멈추지 않기 때문이기도 하고, 우리가 지향해야 할 본질적 가치에 대한 은유를 그러한 움직임이 수행하고 있기 때문이기도 하다. 고운기 시에서 이러한 모습은 문명 비판이나 영성 강조라는 예정된 곳을 향하지 않고, 서정시의 지각 갱신 기능을 통해 신성한 가치를 지향하고 있다는 점에서 각별한 위상을 지닌다. 요컨대 지각 갱신을 통해 사물의 속살을 재발견함으로써 고운기 시는 본질적 가치에 대한 자각과 형이상학적 고처 지향의 일관성을 보여 주고 있는 셈이다. 표제작을 먼저 읽어 보자.

게르 지붕에 닿은 하얀 빛
기억하는 순간의 눈동자를 내게 말해 다오

고비의 아가씨여

나는 사막을 모른다

어쩌다 침착하게 예쁜 한국어가 그대의 가슴을 흔든다면

고렷적 시집 온 여인의 유전자라 여기겠다

귀축(歸竺)의 한나절

잠시 눈길을 준 젊은 승려가

지금 어디서 말 모르는 지아비가 되어 있는지

살아 있는 매의 다리를 빌려 다오

전령이 되기에 늙은 나이

나는 이 사막을 한 번은 건너리라 기약하는 것이다

　　　　　　　　　　－「어쩌다 침착하게 예쁜 한국어」전문

　　고비 사막의 밤, 시인은 "게르 지붕에 닿은 하얀 빛"에서
"기억하는 순간의 눈동자"를 희구한다. "어느 먼 외딴 게르
의 지붕은 지상에 박힌 별 하나"(「지평선 360도」)라는 묘사
에서처럼, 고운기에게 '게르'는 외따롭고도 먼 지상의 한 점
빛으로 다가온다. 그리고 '빛-기억-순간-눈동자'의 신성
한 연쇄는 그 자체로 시의 제목이기도 한 "어쩌다 침착하
게 예쁜 한국어"의 심층적 위의(威儀)를 드러내면서, 사막의
아가씨에서 번져 오는 아름답고도 신비로운 기운으로 화해
간다. "고렷적 시집 온 여인의 유전자"라도 있는 듯, 그 아
가씨는 "살아 있는 매의 다리"처럼 "이 사막을 한 번은 건너

리라 기약하는" 시인에게 침착한 시원(始原)의 풍경으로 다가오고 있는 것이다.

우리가 잘 알거니와 '오지'라는 말에는 훼손되기 이전의 어떤 원형과 오래된 풍속의 흔적들이 있게 마련이다. 그 안에는 자연과 인간이 함께 어울려 빚어내는 경이로운 순간적 통일성이 존재한다. 독일 문예 미학자인 벤야민(W. Benjamin)은 외계와 내면의 순간적 통일, 예컨대 자연 사물과의 합일의 순간을 "아우라(Aura)의 경험"이라고 말했는데, 이때 '아우라'는 자연 사물이 뿜어내는 일회적 속성이자 대체 불가능한 고유한 외현(外現)을 함의한다. 고운기가 섭렵해 가는 사막이라는 오지는 이러한 아우라가 살아 있는 신성하고도 심미적인 고처인 셈이다. 사라져 가는 아우라를 지켜 내는 지킴이로서의 고운기의 모습은, 풍경뿐만 아니라 다음에 펼쳐지는 고전(古典)의 세목에서도 가멸차고 환하게 드러난다. 이래저래 사라져 가는 것들에 대한 고운기의 심미적인 경모(敬慕)가 펼쳐지는 순간이다.

3.

고운기는 세상이 다 아는 『삼국유사』 전공자이자 권위자이다. 그는 이 책에 들어 있는 풍요로운 서사와 문화적 콘텐츠를 새롭게 현대적으로 해석하고 재구성함으로써, 우리 문화의 연속성과 확장성 규명에 크게 기여하고 있다. 이번 시집에서도 『삼국유사』에서 빌려 온 혹은 거기서 착상한 연작들을 선보임으로써, 그는 고전의 상상력에서 수많은 서정적 순간들을 생성해 내는 일관성을 보여 준다. 새로운 언어에 참여하면서 거기서 신생의 순간을 발견하는 과정을 '깨달음'이라고 한다면, 고운기 시편은 바로 그 깨달음의 과정에서 쓰인 것이라 해도 틀릴 것이 없다. 그 점에서 우리는 고운기 시를 통해 그동안 인지하지 못한 삶의 관념이나 가치를 경험적으로 깨닫게 된다. 바로 그때 고운기 시는 '충만한 현재형'을 품고 있는 순간으로 새롭게 태어나면서, 고전에 대한 충실하고도 깊은 안목을 보편적 지혜로 수렴해 가는 시인 자신의 역량과 지향을 충실하게 보여 주고 있다 할 것이다.

2000년 가을

예루살렘 교외, 어쩌다 남자는 총격전의 한가운데 끼었다
돌담을 엄폐물 삼아 제 몸을 숨기는데
품 안에 영문 모르고 두려워 떠는 소년
남자는 흰 수건을 하염없이 흔들었으나
그들을 향해 날아간 총알은 심장을 관통했다

683년 가을

울산 교외, 꿩은 날개를 펴 새끼 두 마리를 감싸고 있었다
숨은 곳 우물 안은 온통 핏빛
매는 나무 위에 앉아 있고
더 이상 공격하지 않았다
신령스럽기로 미물(微物)의 매 한 마리

부끄럽지 않은 날개를 가져 하늘이 더 넓다
　　　　　　　　　　　　　　 ―「응불확치(鷹不攫雉)」 전문

　『삼국유사』에는 속담과 격언, 사물을 설명하는 설화, 기원을 탐구하는 설화, 지명의 유래를 밝히는 설화 등이 여럿 실려 있다. 악귀를 쫓기 위해 문에 글자를 쓰거나 그림을 그리는 관습이라든지, 정월 대보름에 까마귀에게 밥을 주는 관습 등의 유래도 적혀 있다. 그리고 수백 권의 책 이름을 통해 당대의 전적과 문헌을 살펴볼 수 있게끔 해 주기도 한다. 고운기가 인유(引喩)하고 새롭게 구성하는 『삼국유사』의 골간은 일견 이러한 인지 정보를 주고, 일견 진한 깨달음을 주고, 일견 새로운 신생의 감각을 선사한다. 시인의 시선은 "2000년 가을" "예루살렘 교외"로 간다. 총격전의 한가운데에 끼인 한 남자는 두려워 떠는 소년을 안은 채 흰 수건을 하염없이 흔들다가 총에 맞는다. 이러한 폭력과 연민 사이의 죽음을 바라보던 시선은 어느새 설화적 상상력으로 이월하여 "683년 가을" "울산 교외"로 향한다. 이번에

는 피에 젖은 꿩이 날개로 새끼 둘을 감싸고 있는데, 나무 위에 앉은 신령스러운 매는 꿩을 잡지 않는다. 그것을 두고 시인은 "부끄럽지 않은 날개를 가져 하늘이 더 넓다"고 생각한다. 이 시편에는 세 개의 층위가 숨겨 있는데, 저 21세기 중동의 전쟁, 저 옛적 신라의 설화, 오늘날 시인의 해석이 그것이다. 시인은 '사내-꿩'의 유사한 처지를 관통해 가는 '총-매'의 전혀 다른 결과를 두고 누군가를 "불쌍히 여겨 끌어안고 오랫동안"(「탈의나주脫衣裸走」) 있었던 이들의 사랑과 "하늘과 땅 울리는 울음"(「일야작교一夜作橋」)의 가치를 노래한다. 현대적 삽화와 고전적 이야기와 시인의 마음이 트라이앵글을 이루는 입체성이 돋보인다. 그리고 그 전언(傳言)이 주는 깨달음의 울림이 참으로 크고 깊다.

의상(義湘) 문하의 제자가 되기로 마음먹은 진정(眞定)
홀로 남을 늙으신 어머니가 못내 걸렸다.

—효도가 끝나고 나면, 머리를 깎고 도(道)를 배우려 합니다.

그날 밤, 이렇사리 속내를 비춘 것이 잘못이었다.

—도를 만나기는 어렵고 인생은 짧은데, 효도를 마친 다음이라니? 가거라.

아들은 사양하고

—나는 남의 집 문 앞에서 옷과 밥을 빌어도 천수를 누릴
수 있다. 가거라.
아들은 사양하고

어머니는 독에 남은 쌀을 모두 털어 주먹밥 일곱 덩이 만
들어
—도중에 밥 지을 시간도 아깝다. 내 보는 앞에서 하나 먹
고, 나머지는 싸서 서둘러 가거라.

끼니마다 뭘 잡숫고 계신지
사흘 밤낮 주먹밥 여섯 덩이 먹으며 걸었던 서러운 길

전통은 유구한 것이어서
아이들을 밤길로 내몬 엄마들의 자동차가
밤 열 시
서울의 대치동 학원가에 도열해 있다.
                              —「삼사삼권(三辭三勸)」 전문

이번에도 '그때'와 '지금'이 교차한다. 그 순서가 바뀌었
을 뿐이다. 먼저 의상 문하에 들어가기로 한 '진정'의 이야
기가 전반부에 펼쳐진다. 그는 홀로 남게 되실 노모를 걱정

하여 효도가 끝나면 도(道)를 배우겠노라고 어머니께 속내를 비추었다. 그때 어머니는 세 번을 떠날 것을 권하고 진정은 세 번을 사양하는 일화가 이어진다. 어머니는 도를 만나기 어렵고, 자신은 스스로 천수를 누릴 수 있다면서, 쌀을 모두 털어 주먹밥을 만들어 주며 아들에게 서둘러 가라고 하셨다. 아들이 그 밤에 걸은 "서러운 길"은 어머니의 사랑과 도의 불가피성을 잘 전해 준다. 순간, 전통은 유구하여 아이들을 밤길로 내몬 엄마들의 자동차가 밤 열 시의 도시 풍경을 이룬다. "서울의 대치동 학원가"에 도열한 그 자동차가 품고 있는 어머니의 '三歡'에 '도'와는 전혀 다른 세속적 열망이 내재해 있다는 시인의 판단이 그 아래에 암묵적으로 흐르고 있다. 시인은 그렇게 "누구나 지녔으면서 귀한 줄 모르는 구슬 하나쯤"(『득주지우得珠之憂』)을 『삼국유사』의 흔적을 통해 낱낱이 재현하면서 "가도 가도 끝이 없는 외로운 이 글쟁이 길"(『적요명월笛搖明月』)을 걷는다. 그 길은 아마도 진정이 걸었을 밤길과도 같은 길일 것이다.

우리가 잘 알듯이, 대개의 서정시는 모두의 삶에 투명하고도 성찰적인 거울의 역할을 담당한다. 물론 이때 '삶'이란, 현실적 삶이기보다는 시인 특유의 감각과 사유가 빚어내는 심층적 기억의 현실일 경우가 많다. 그렇게 서정시는 나르시시즘을 충족시키면서도 아득하게 타자로 번져 나가는 언어적 파동으로 몸을 바꿈으로써, 결국 순간과 영원, 결단과 서성임, 안식과 방랑을 동시에 던져 주는 언어적 형식이 되는 것이다. 『삼국유사』에서 길어 올린 고운기 시학의 풍모는 단연 그러한 속성으로 그득하다.

4.

우리가 시간에 대한 경험 형식으로 서정시를 규정해 온 것은 꽤 오래된 일이다. 그것이 설령 미래에 대한 긍정적 전망을 형상화한 것이거나 시간 자체를 초월하고 부정하는 영원 지향의 시편이라 하더라도, 그것은 그 자체로 시간에 대한 시인 고유의 가치 판단일 수밖에 없다. 그만큼 서정시는 시간에 대한 경험의 재구성이라는 특성을 지니는 언어 예술이다. 두루 아는 사실이지만, 사물들 사이의 인과적 계기나 시간적 경과를 중시하는 서사와 달리, 서정은 사물의 이치를 순간적으로 포착하고 표현하는 원리를 견고하게 고수한다. 물론 이때 '순간'이란, 일회적인 물리적 시간 개념이 아니라, 과거−현재−미래를 하나로 통합한 현재형으로서의 강렬하고 집중된 시간 형식을 뜻한다. 그렇게 오랜 기억 속에서 자신의 존재론적 연속성과 갱신 가능성을 동시에 사유해 가는 서정시의 속성은, 고운기 시의 대표적인 방법이자 지향이 되고 있다.

그러니까 올해로 꼭 40년
그해 봄 아직 보리가 피기 전 이 마을을 떠났으니

벌교남국민학교 3학년 2반 교실에
늘 허리를 꼿꼿이 펴고 앉아 있는 여자아이
등기소 소장 딸이었던 그 아이는 아버지 따라 전학 가고
소식을 모르는데

부용산 산허리에
옹기종기 모였던 초가집은 이제 사라지고

등나무 아래 앉아
40년 만에 허리 구부정한 쉰 줄 사내가
운동장에서 혼자 공 차는 아이만 바라보고

3학년 2반 교실의 유리창은 조용히 빛나며
저녁 햇살을 받아 저무는데
세상의 저문 몸은 사내 하나만 아니어서 섭섭할 일 없는데

그러니까 보리 피기 전 떠난 마을의
허리 꼿꼿했던 여자아이만 생각나는 것은 무슨 까닭일까.
　　　　　　　　　　　　　　　－「3학년 2반 교실 유리창」 전문

꼭 40년 전인 그해 봄, 보리가 피기 전, "벌교남국민학교 3학년 2반 교실"에서 늘 허리를 꼿꼿이 펴고 앉아 있던 한 여자아이가 마을을 떠났다. 등기소 소장 딸이었던 그 아이는 아버지를 따라 전학을 간 것이다. 그렇게 40년이 흘러 중년의 한 사내가 다시 학교 등나무 아래 앉아 운동장을 뛰노는 아이를 바라보고 있는데, 바로 그 순간 "3학년 2반 교실의 유리창"이 조용히 빛을 뿌린다. 아마도 저무는 저녁 햇살을 받아 그리된 것일 터인데, 시인은 "세상의 저문 몸"이 자기만이 아니라는 것에 위안을 받으면서 "보리 피기 전 떠난 마을의/허리 꼿꼿했던 여자아이"를 생각한다. 이때 학교 여기저기서 "내 사람인 양 물끄러미 쳐다보는"(「가랑잎처럼 외로운 저 사람이」) 환각도 따라오고, "수심 깊은 곳에서 혼자 놀아"(「홍대 앞 초등학교」) 좋았던 시간도 살아나고, "내가 나간 자리의 햇볕"(「군산群山」)도 새삼 생각나지 않았을까.

후회스러운 어느 지점으로 돌아가 거기 못다 한 어떤 몸짓 하나라도 풀어 보고 싶을 때가 있다. 예를 들면 마음만 졸인 사랑 같은 것, 생각이 행동 뒤에서 자꾸 꾸물거리기만 했던 것……. 그러면 나는 거기서부터 전혀 다른 인생을 살아 냈을까?

짝사랑했던 여학생

치대에 다니던 여학생

수석 졸업했다던 여학생

지금은 내가 사는 가까운 동네에 개업해 있는 여학생

정말 썩은 이만큼 보여 주고 싶지 않았지요

사박사박 눈발 날리는 네거리 지나

그해 겨울처럼

품속의 편지는 어느새 내 가슴속 어디론가 사라지고 마는
데

밤새 치통에 시달리다 찾아가는

짝사랑했던 여학생

이제 썩은 이밖에 보여 줄 게 없는

돌이켜 자꾸만 헝클어지는 시간 속의 나를 뉘여 놓고

아주 맑은 손끝으로

사랑 대신 내 삭은 사랑니를 뽑는

그 여학생.

─「그 여학생」 전문

이제 고운기의 기억은 역류에 역류를 거듭하여 "후회스
러운 어느 지점"으로 돌아간다. 그는 못다 한 어떤 몸짓 하
나라도 풀어 보려고 하는데, 그것은 가령 마음만 졸인 사랑
이나 생각만 간절하여 꾸물거리기만 했던 것들이다. 이제
는 "전혀 다른 인생"으로 전이되었을지 모를 그 순간은 시
인의 기억에 서서히 선명하고도 흐릿하게 인화되어 간다.

시인은 "이렇게 추억하기로"(「오류동」) 한때 짝사랑하여 지금은 동네 치과 의사가 된 한 '여학생'을 떠올린다. 그렇게 "내 늙은 노래가/나뭇가지마다 옮겨 앉는 까막까치만큼도 젖지 못했으니/세월의 어느 저편이 나를 닮아/쓰다듬어 잠자코 한숨 골라 보는 오늘"(「길손으로 진주에 와서」), 사라져 버린 그해 겨울의 품속 편지와 "밤새 치통에 시달리다 찾아가는" 시간 사이의 격절이 아득하고 쓸쓸하게 다가온다. "돌이켜 자꾸만 헝클어지는 시간 속의 나"는 치과 의사가 된 그 여학생의 "아주 맑은 손끝"에 의해 오랜 세월을 돌아 지금 여기에 당도한다. "사랑"과 "삭은 사랑니" 사이의 언어유희(pun)를 통과해 가는 그 시간 속에서 마음만 졸였던 오랜 시간이 다시 살아나고 있는 것이다. "떠난 뒤 곱씹었던 세월이 깊은 만큼"(「겨울 안부 2」), 기억의 수원(水源)도 깊고 깊다.

이처럼 고운기에게 시적 순간이란 오랜 경험과 시간이 반복되고 축적되어 있는 집중의 형식으로 현상한다. 바로 이러한 서정시의 시간적 속성을 밀도 있게 담아내고 있는 고운기는 자신의 시를 통해 사물 안에 깃들인 오랜 시간을 한결같이 응시하고 성찰해 간다. 그의 시편은 앞으로도 이렇게 시간과 소통하면서 근원적 사유를 만들어 갈 것이다. 그 점에서 고운기는 현실에 긴박되지 않고, 현실을 시의 후경後景으로 끊임없이 바꾸어 가면서, 근원적인 서정의 원리를 실현하는 장인(匠人)의 면모를 보여 갈 것이다. 이제는 사라져 가는, 그러나 사라지지 않는 기억들이 거기 깊고도 넓게 농울치고 있을 것이다.

5.

이제까지 우리가 봐 왔듯이, 고운기 시는 어떤 운명적인 시간을 포착하여 그것을 오래된 기억으로 치환하는 방법에 의해 착상되고 쓰인다. 물론 이는 현실적 시간에서 벗어나 자신이 고유하게 체험한 시간으로 귀환하려는 의지가 반영된 결과일 것이다. 따로 떨어져 있던 사물과 사물 사이에 유추적 연관성이 놓일 수 있는 것도 이러한 기억의 매개가 흔연하게 작용하기 때문일 것이다. 이때 고운기 시는 근대적 계몽 이성이 그려 온 화려한 양태들을 그리지 않고, 근대의 저편을 바라보면서 대안적 사유를 수행해 가는 특수한 양상을 띤다. 시인이 걷는 서정시의 "길은 이미/우리의 마음속에 만들어져"(「벚꽃 세상으로 벗들을」) 있지 않는가.

부용산 오 리 길에 그늘이 지네
사람은 가도 노래가 있어
좀체 사라지지 않는 땅의 역사를 그대 아는가
벌교천 따라 오르는 밀물이 담아 온
좀체 사라지지 않는 바다의 역사를 그대 믿는가

들몰 들녘으로 저녁 먹으러 가는 기러기

우리도 바짓가랑이 흙을 털고

매운 솔가지 피워 밥 짓는 어머니 만나러 가자

제석산 부엉이 울음에 두렵던 옛 밤이 깊어지고

낮은 지붕 밑 작은 등불 아래

검붉은 얼굴 맞대 먼 이야기 피워 내면

사원 밤이 새벽을 걷는 소리 그대 듣는가

―「다시 벌교에 와서」 전문

　　시인은 다시 고향에 와 있다. 고향이야말로 "아무도 따를
수 없는 나와의 독작(獨酌)"(「겨울 안부 1」)이 가능한 곳이고,
"봄이 둘러 주는 나이테로 만들어"(「봄의 노래」)진 자신을 찾
아낼 수 있는 곳이 아닌가. 시인은 산그늘 지는 곳에서, 사
람은 사라져도 노래는 사라지지 않는다는 사실을 발견한
다. 아마도 벌교가 주는 역사적 상징과도 겹쳐지고 있을 이
노래는 "좀체 사라지지 않는" 땅과 바다의 역사를 담고 있
을 터이다. "들몰 들녘으로 저녁 먹으러 가는 기러기"처럼,
시인은 우리도 "매운 솔가지 피워 밥 짓는 어머니 만나러"
갈 수만 있다면, 아니 "제석산 부엉이 울음에 두렵던" 그 옛
밤처럼 낮은 지붕 등불 아래 먼 이야기를 피워 낼 수 있다
면 하고 상상한다. 그렇게 '벌교'는 시인에게 "어쩌다 침착
하게 예쁜 한국어"를 가져다 준 언어의 모태이자, "사원 밤
이 새벽을 걷는 소리"를 들려준 지극한 존재론적 원천이자,

모든 언어가 그리로 향해 갈 궁극적 귀환처가 될 것이다. "마당에 찍힌/그해 설날 아침에 남겨진 오래된 기록"(「눈이 온 설날 아침의 기억」)을 통해 "어느덧 사라진 꽃 마을의 모서리가 마르도록 오래"(「봄날」) 떠돌아 온 생애를 사유하는 시인의 품이 참으로 뜨겁고 미덥다.

주지하듯 인간은 물리적이고 객관적인 시간 속에서 살지 않고, 자기만의 고유한 시간 속에서 저마다의 실존을 가파르게 영위해 간다. 그래서 시간이란 선험적인 물리적 실체로서 우리에게 주어지는 것이 아니라, 각자의 구체적 경험과 의식 속에서 구성되어 가는 사후적(事後的)인 것이다. 이러한 시간 의식의 탈바꿈이 직선적인 근대적 시간 의식에 대한 저항에서 발원한 것임은 두말할 나위조차 없을 것이다. 이러한 바탕 위에서 생성되는 고운기의 시는, 그리움과 따뜻함을 주조로 하는 중용과 위안의 언어를 통해 많은 사람을 정서적으로 크게 위무해 갈 것이다. 그래서 그가 던지는 언어는 공명이 남다르고 그것을 읽는 독자들은 그 구체적 풍경 속에서 위안과 치유의 계기를 얻게 될 것이다.

지금까지 우리가 읽어 왔듯이, 고운기의 이번 신작 시집은 낭만적인 감각과 사유, 그리고 그 결과를 삶의 보편적 이법(理法)으로 끌어올리는 유비적 상상력을 커다란 특징으로 내포하고 있다. 그의 시편에는 과장된 페이소스나 감상벽(癖)이 절제되어 있고, 현실을 관통하는 소재를 끌어올 때도 모든 사물을 기억으로 수렴해 들이는 과정을 놓치지 않는다. 그래서 그의 시는 사물의 본래면목(本來面目)을 파악해 가면서도, 인간의 잡연(雜然)한 세사(細事)들을 배면으로 적극 포괄해 간다. 하지만 그가 그것을 초월적 포즈로 연결하는 것은 결코 아니다. 오히려 그는 가장 구체적인 지상의 사물들에 관심을 가지면서 그것들에 얽힌 시간과 기억을 노래해 간다. 어느덧 등단 35년에 들어서는 우리 시단의 중견 시인이 들려주는, 사라져 가는, 하지만 결코 사라지지 않는 오랜 기억들에 대한 선연한 헌사가 아닐 수 없다.

시인수첩 시인선 001
어쩌다 침착하게 예쁜 한국어

ⓒ 고운기, 2017

초판 1쇄 인쇄 2017년 6월 9일
초판 1쇄 발행 2017년 6월 30일

지은이 | 고운기
발행인 | 강봉자·김은경

펴낸곳 | (주)문학수첩
주 소 | 경기도 파주시 회동길 192(문발동 513-10) 출판문화단지
전 화 | 031-955-4445(대표번호), 4500(편집부)
팩 스 | 031-955-4455
등 록 | 1991년 11월 27일 제16-482호

홈페이지 | www.moonhak.co.kr
블로그 | blog.naver.com/moonhak91
이메일 | moonhak@moonhak.co.kr

ISBN 978-89-8392-653-1 03810

「이 도서의 국립중앙도서관 출판예정도서목록(CIP)은 서지정보유통지원시스템
홈페이지(http://seoji.nl.go.kr)와 국가자료공동목록시스템(http://www.nl.go.kr/
kolisnet)에서 이용하실 수 있습니다.(CIP제어번호: CIP2017013474)」

* 파본은 구매처에서 바꾸어 드립니다.